RÉPUBLIQUE FRANÇAISE
LIBERTÉ — ÉGALITÉ — FRATERNITÉ

PRÉFECTURE DE LA SEINE

SERVICE DE L'ASSAINISSEMENT

Travaux d'assainissement de la Seine

LOIS & DÉCRETS

PARIS
IMPRIMERIE PAUL DUPONT
4, RUE DU BOULOI, 4
—
1899

PRÉFECTURE DE LA SEINE

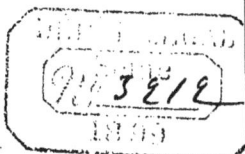

SERVICE DE L'ASSAINISSEMENT

Travaux d'assainissement de la Seine

LOIS & DÉCRETS

Pages

1° Loi du 4 avril 1889 ayant pour objet l'utilisation agricole des eaux d'égout de Paris et l'assainissement de la Seine (Aqueduc d'Achères).   3

2° Loi du 10 juillet 1894 relative à l'assainissement de Paris et de la Seine   8

3° Décret du 23 février 1895 relatif aux irrigations à l'eau d'égout de la plaine de Gennevilliers.   11

4° Décret du 11 avril 1896 déclarant d'utilité publique les travaux à exécuter par la Ville de Paris et à ses frais sur le territoire du département de Seine-et-Oise. (Prolongement de l'émissaire général des eaux d'égout vers Méry et Triel   14

5° Décret du 30 mars 1899 déclarant d'utilité publique les travaux de canalisation ou de drainage d'eaux d'égout établis ou à établir par la Ville de Paris sur le territoire de la commune d'Achères   17

Loi du 4 Avril 1889

ayant pour objet l'utilisation agricole des eaux d'égout de Paris et l'assainissement de la Seine (aqueduc d'Achères).

Le Sénat et la Chambre des députés ont adopté,

Le Président de la République promulgue la loi dont la teneur suit :

ARTICLE PREMIER. — Il sera procédé à l'exécution des travaux nécessaires pour conduire dans la presqu'île de Saint-Germain les eaux d'égout de Paris élevées par des machines établies à Clichy, conformément aux dispositions générales du projet dressé, à la date des 19 juillet-27 août 1880, par les ingénieurs du service municipal de la Ville de Paris.

Les travaux ci-dessus mentionnés sont déclarés d'utilité publique.

ART. 2. — La dépense sera exclusivement supportée par la Ville de Paris.

ART. 3. — Est approuvée la convention passée entre l'Etat, représenté par les ministres des Finances, de l'Agriculture et des Travaux publics, et la Ville de Paris, représentée par le Préfet de la Seine, pour la location ou la cession à cette dernière des terrains domaniaux destinés à servir de champ d'irrigation pour les eaux d'égout.

ART. 4. — Dans les terrains concédés, la Ville de Paris ne pourra répandre ses eaux que sur les parties du sol mises en culture, sans préjudice de l'utilisation sur d'autres points par elle-même ou par concessionnaires, au moyen des traitements chimiques ou d'un canal dans la direction de la mer, ou de toute autre façon.

Elle ne pourra, pour la culture, répandre sur le sol qu'un maximum de 40,000 mètres cubes d'eau par hectare et par an.

Le tout sous la surveillance de ses agents, sans former de mare stagnante, ni opérer de déversement d'eaux d'égout non épurées en Seine, dans la traversée du département de Seine-et-Oise, sauf les cas de force majeure.

L'exécution de ces prescriptions et la limite de saturation des terres seront contrôlées par une commission permanente de cinq experts nommés, l'un par le ministre de l'Agriculture, un autre par le Conseil général de la Seine, un troisième par le Conseil général de Seine-et-Oise, le quatrième par le ministre des Finances, et un membre du Comité consultatif d'hygiène de France nommé par ses collègues.

Ces experts adresseront tous les six mois aux ministres de l'Agriculture et des Finances un rapport qui sera inséré au *Journal Officiel*.

La présente loi, délibérée et adoptée par le Sénat et par la Chambre des députés, sera exécutée comme loi de l'Etat.

Fait à Paris, le 4 avril 1889.

CARNOT.

Par le Président de la République :

Le Ministre des Travaux publics,

Yves Guyot.

Le Ministre de l'Agriculture,

Léopold Faye.

Le Ministre des Finances,

Rouvier.

CONVENTION

Entre MM. Baïhaut, ministre des Travaux publics, Sadi-Carnot, ministre des Finances, et Develle, ministre de l'Agriculture, représentant l'Etat,

d'une part;

Et M. Poubelle, Préfet de la Seine, représentant la Ville de Paris, autorisé par délibération du Conseil municipal, en date du 1er août 1884,

d'autre part;

Il a été convenu ce qui suit :

Article premier. — L'Etat loue à la Ville de Paris, pour une période de vingt années, à courir du 1er mars 1894, les terrains domaniaux constituant les fermes de Garenne et de Fromainville, ainsi que les tirés de la forêt de Saint-Germain.

Art. 2. — Lesdits terrains comprennent :

1° Les deux fermes de Garenne et de Fromainville avec les parcelles situées dans les îles Epineuse, de la Grande-Chaudière, d'Herblay et de Conflans, le tout d'une superficie de 372 hectares ;

2° Les anciens et nouveaux tirés, de 427 hectares environ.

Art. 3. — Ladite location est faite moyennant le loyer de quatre-vingt-dix-huit-mille quatre cents francs (98,400 francs).

Art. 4. — La Ville de Paris exploitera pour son compte les bois existant sur les terrains compris dans la location et elle en payera à l'Etat la valeur actuelle d'après une estimation qui sera fixée par les soins d'un agent nommé par la Ville de Paris et d'un agent forestier désigné par le ministre de l'Agriculture. En cas de désaccord, un tiers expert sera nommé par le ministre des Finances. La somme qui sera ainsi déterminée portera intérêt à cinq pour cent (5 p. 0/0) au profit de l'Etat, à partir du jour où la Ville aura pris possession des immeubles.

Art. 5. — La Ville de Paris ne pourra répandre ses eaux que sur des parties du sol mises en culture. Elle ne pourra ni les donner, ni les vendre que pour la culture, sous la surveillance de ses agents, sans former de mares stagnantes, ni de dépôts dans la Seine.

L'exécution de ces prescriptions et l'état de saturation des terres seront contrôlés par une commission permanente de quatre experts nommés, l'un par le ministre de l'Agriculture, un autre par le Conseil général de la Seine, un troisième par le Conseil général de Seine-et-Oise, un quatrième par le ministre des Finances, et un membre du Comité consultatif d'hygiène de France nommé par ses collègues.

Ces experts adresseront un rapport annuel au ministre de l'Agriculture et au ministre des Finances.

Art. 6. — La Ville de Paris s'engage à reconstruire, sur les terrains qui lui seront désignés, les maisons de garde destinées à remplacer celles qui sont comprises dans le périmètre loué; le nombre des maisons nouvelles sera égal à celui des maisons anciennes; chacune d'elles se composera d'un nombre de pièces égal à celui des maisons existantes.

Trois des routes se dirigeant vers le nord, et choisies d'un commun accord par les ingénieurs de la Ville et les agents des Forêts, demeureront accessibles aux produits forestiers; leurs chaussées seront empierrées aux frais de la Ville et prolongées jusqu'à la rive de la Seine. On ménagera près de leurs extrémités des places de dépôt suffisantes pour l'empilage des produits de la forêt.

Art. 7. — La Ville s'engage à élever un mur de clôture suivant le périmètre délimité à l'article 2.

Ce mur sera établi avec les mêmes dimensions et dans les mêmes conditions que l'ancien mur de la Forêt; il laissera les routes qu'il doit suivre entièrement du côté de la forêt. Un chemin de ronde de trois mètres sera ménagé sur toute la longueur du côté des terrains abandonnés à la Ville.

Art. 8. — A toute époque de la durée du bail, la Ville de Paris pourra demander la cession définitive des terrains compris au présent bail, moyennant la somme en capital de trois millions deux cent quatre-vingt mille francs (3,280,000 francs).

Cette cession, qui devra comprendre l'étendue totale desdits terrains et ne pourra être partielle, deviendra définitive après l'accomplissement des formalités légales et législatives.

Quant au prix de trois millions deux cent quatre-vingt mille francs (3,280,000 francs), il est, dès à présent, accepté par la Ville de Paris, qui, en cas de continuation par elle de l'opération d'irrigation, sera ténue de faire ladite acquisition au plus tard au bout de vingt années prévues au présent bail.

Dans le cas où, pendant la durée du bail, la Ville de Paris renoncerait à utiliser les terrains loués, l'Etat en reprendrait immédiatement possession. En ce qui concerne les fermes et bâtiments d'habitation, il sera procédé, par trois experts nommés dans les conditions prévues par l'ordonnance du 12 décembre 1827 en matière d'échange (1), à une estimation des terrains et à la fixation de l'indemnité que la Ville pourrait avoir à payer à l'Etat, en tenant compte de leur situation actuelle et des dépenses que l'Etat aurait à faire pour les rendre à leur destination primitive. Dans le cas où il y aurait plus-value, la reprise par le Domaine aurait lieu sans que l'Etat puisse être tenu de payer à la Ville aucune indemnité pour quelque motif que ce soit. En ce qui concerne les parcelles actuellement en nature de bois, elles seraient soumises à nouveau au régime forestier, et la Ville de Paris serait tenue de les repeupler à ses frais et sous la direction du service forestier.

Enfin, si dans les délais déterminés, la Ville est devenue propriétaire des terrains dans les conditions prévues et qu'elle renonce ultérieurement à en tirer parti pour l'épuration des eaux d'égout, l'Etat aura la faculté d'en demander la rétrocession de préférence à tous autres en payant la valeur fixée pour l'ensemble de la concession par des experts désignés comme il est dit ci-dessus, sans que la somme qu'il aura à payer puisse dépasser le montant du prix de vente payé par la Ville de Paris. Les terrains actuellement en nature de bois seront soumis à un nouveau régime forestier.

ART. 9. — Les deux fermes et leurs annexes sont louées, jusqu'au 11 novembre 1887, à M. le baron de Hirsch, savoir : la ferme de Fromainville, suivant acte passé devant Me Moisson, notaire à Saint-Germain, le 4 octobre 1869, et la ferme de Garenne, suivant un procès-verbal d'adjudication du 2 octobre 1872 et un acte administratif du 1er février 1881, qui rappelle les conventions accessoires intervenues pour les deux fermes.

Aux termes des articles 27 du bail de la ferme de Fromainville et 14 du cahier des charges de la ferme de Garenne, l'Etat s'est réservé la faculté de rentrer en possession de la totalité ou d'une partie des biens loués, moyennant le paiement de l'indemnité fixée par les articles 1745 et 1746 du Code civil.

Le droit de chasse sur les anciens et nouveaux tirés est compris dans les deux premiers lots de l'affermage de chasse de la forêt de Saint-Germain, fait suivant procès-verbal d'adjudication du 1er décembre 1884, pour neuf années à partir du 1er juillet 1885.

Dans l'article 2 du cahier des charges qui a servi à cette adjudica-

---

(1) L'article 3 de l'ordonnance du 12 décembre 1827 est ainsi conçu :
« Trois experts seront nommés, un par le préfet du département, sur la proposition qui
« lui en sera faite par le directeur des Domaines, un par le propriétaire du bois offert en
« échange, un par le président du Tribunal de la situation des biens, à qui requête sera
« présentée à cet effet par le directeur des Domaines. »

tion, le bail sera résilié de plein droit en cas d'aliénation de la forêt amodiée par voie d'échange ou autrement en cas d'affectation à un service public, etc...

La Ville de Paris sera subrogée activement et passivement aux droits de l'Etat à l'égard de ces baux, à partir du jour où elle entrera en jouissance des fermes et terrains concédés, sauf à elle à en provoquer la résiliation à ses risques et périls, prenant, dès à présent, l'engagement de payer toutes indemnités qui pourraient être dues aux fermiers, pour quelque motif que ce soit, sans recours contre l'Etat, qui ne pourra jamais être inquiété ou recherché à ce sujet.

La Ville sera également tenue, le cas échéant, de garantir l'Etat contre toutes réclamations, tant des fermiers que de tous autres, qui pourraient surgir à l'occasion des travaux qu'elle doit entreprendre, et de le tenir quitte et indemne de tous frais et condamnations, qu'il ait été mis en cause par les réclamants ou d'office par la justice et sans qu'il soit tenu de fournir à la Ville les moyens de défense.

Enfin la Ville de Paris ne pourra prétendre à aucune indemnité ou diminution de prix pour raison d'erreurs qui auraient pu être commises relativement à l'étendue des biens loués, quelle que soit la différence en plus ou en moins, ou à l'état dans lequel les bâtiments compris dans la location se trouveraient au moment de son entrée en jouissance, ou encore relativement à la nature de la culture des terres.

ART. 10. — La présente convention ne deviendra définitive qu'après avoir été sanctionnée par une loi.

ART. 11. — Les frais d'enregistrement, en cas d'acquisition par la Ville, seront fixés à un franc (1 franc.)

Le Ministre de l'Agriculture,
JULES DEVELLE.

Le Ministre des Finances,
SADI CARNOT.

Le Ministre des Travaux publics,
BAÏHAUT.

Le Préfet de la Seine,
POUBELLE.

Loi du 10 Juillet 1894

relative à l'assainissement de Paris et de la Seine.

Le Sénat et la Chambre des députés ont adopté,
Le Président de la République promulgue la loi dont la teneur
suit :

ARTICLE PREMIER. — La Ville de Paris (Seine) est autorisée à
emprunter, à un taux d'intérêt n'excédant pas quatre francs pour
cent francs (4 p. 0/0), intérêts, primes de remboursement et lots
compris, une somme de cent dix-sept millions cinq cent mille francs
(117,500,000 francs), remboursable en soixante-quinze ans à partir de
1898 et applicable aux dépenses suivantes, savoir :

1° Travaux d'adduction et d'élévation des eaux d'égout jusqu'aux terrains à
affecter à l'épuration agricole, acquisition de terrains, aménagement des terrains acquis ou adduction des eaux jusqu'aux terrains affectés à cet usage
après accord avec les propriétaires . . . .   30.800.000 francs.

2° Achèvement du réseau d'égouts de Paris, amélio-
ration des égouts existants et construction de nouveaux
collecteurs. . . . .   35.200.000   —

3° Achèvement de distribution d'eau, construction
de réservoirs, améliorations diverses des conduites
des bassins de filtrage, des aqueducs, des canaux, etc.,
dérivation du Loing et du Lunain. . . . .   50.000.000   —

4° Frais de l'emprunt. . . . .   1.500.000   —

TOTAL . . . .   117.500.000 francs.

Le montant des lots applicables aux obligations amorties à chaque
tirage est fixé annuellement à la somme de quatre cent soixante-dix
mille francs (470,000 francs.)

Il sera statué par des décrets rendus sur la proposition du ministre de l'Intérieur sur le mode et les conditions de réalisation de l'emprunt.

Art. 2. — Les propriétaires des immeubles situés dans les rues pourvues d'un égout public seront tenus d'écouler souterrainement et directement à l'égout les matières solides et liquides des cabinets d'aisances de ces immeubles.

Il est accordé un délai de trois ans pour les transformations à effectuer à cet effet dans les maisons anciennes.

Art. 3. — La Ville de Paris est autorisée à percevoir des propriétaires de constructions riveraines des vies pourvues d'égouts, pour l'évacuation directe des cabinets, une taxe annuelle de vidange qui sera assise sur le revenu net imposé des immeubles, conformément au tarif ci-après :

10 francs pour un immeuble d'un revenu imposé à la contribution foncière ou à celle des portes et fenêtres inférieur à 500 fr.

30 fr. pour un immeuble d'un revenu imposé de	500 fr. à	1.499 fr.
60 fr. pour un immeuble d'un revenu imposé de	1.500 fr. à	2.999 fr.
80 fr. pour un immeuble d'un revenu imposé de	3.000 fr. à	5.999 fr.
100 fr. pour un immeuble d'un revenu imposé de	6.000 fr. à	9.999 fr.
150 fr. pour un immeuble d'un revenu imposé de	10.000 fr. à	19.999 fr.
200 fr. pour un immeuble d'un revenu imposé de	20.000 fr. à	29.999 fr.
350 fr. pour un immeuble d'un revenu imposé de	30.000 fr. à	39.999 fr.
500 fr. pour un immeuble d'un revenu imposé de	40.000 fr. à	49.999 fr.
750 fr. pour un immeuble d'un revenu imposé de	50.000 fr. à	69.999 fr.
1.000 fr. pour un immeuble d'un revenu imposé de	70.000 fr. à	99.999 fr.
1.500 fr. pour un immeuble d'un revenu imposé de	100.000 fr. et au-dessus.	

En ce qui concerne les immeubles exonérés à un titre et pour une cause quelconque de la contribution foncière sur la propriété bâtie, la Ville pourra percevoir une taxe fixe de cinquante francs (50 fr.) par chute.

Le produit de ces taxes servira à rembourser l'emprunt en principal et intérêts, et à faire face à l'augmentation des dépenses d'entretien.

Art. 4. — Le taux desdites taxes pourra être revisé tous les cinq ans par décret, après délibération conforme du Conseil municipal sans que ces taxes puissent être supérieures au tarif fixé à l'article 3.

Art. 5. — Le recouvrement de ces taxes aura lieu comme en matière de contributions directes.

Art. 6. — La Ville de Paris devra terminer, dans le délai de cinq ans à partir de la promulgation de la présente loi, les travaux nécessaires pour assurer l'épandage de la totalité de ses eaux d'égout. Sur les terrains qui lui appartiennent ou dont elle sera locataire, elle devra se conformer aux conditions prescrites par l'article 4 de la loi du 4 avril 1889.

Art. 7. — Les actes susceptibles d'enregistrement auxquels donne-

*

rait lieu l'emprunt autorisé par la présente loi seront passibles du droit fixe de 1 franc.

La présente loi délibérée et adoptée par le Sénat et par la Chambre des Députés, sera exécutée comme loi de l'Etat.

Fait à Paris, le 10 juillet 1894.

CASIMIR PERIER

Par le Président de la République :

Le Président du Conseil
Ministre de l'Intérieur et des Cultes :

CH. DUPUY

DÉCRET DU 23 FÉVRIER 1895

Relatif aux irrigations à l'eau d'égout de la plaine de Gennevilliers

Le Président de la République,

Sur le rapport du ministre des Travaux publics :

Vu le projet présenté le 29 novembre 1891 par le Service municipal de l'assainissement de la Seine en vue de la déclaration d'utilité publique des travaux de canalisation établis ou à établir par la Ville de Paris pour la conduite des eaux d'égout dans la presqu'île de Gennevilliers ;

Vu les pièces de l'enquête ouverte sur ce projet dans le département de la Seine suivant les formes déterminées par l'ordonnance royale du 18 février 1834 ;

Vu l'avis de la Chambre de commerce de Paris, en date du 8 juillet 1892 ;

Vu l'avis du Conseil d'hygiène et de salubrité du Département de la Seine, en date du 2 septembre 1892 ;

Vu l'avis du Conseil général du département de la Seine, en date du 29 décembre 1892 ;

Vu les adhésions directes de l'Ingénieur en chef du département de la Seine, de l'ingénieur en chef de la Navigation de la Seine (2e section), de l'ingénier en chef des Ponts et Chaussées, agent-voyer en chef du département de la Seine, du Directeur du Génie à Paris, et de l'ingénieur en chef de la Navigation de la Seine (3e section), en date respectivement des 28, 29 juillet, 4, 6 et 9 août 1892 ;

Vu la lettre du préfet de la Seine, en date du 16 février 1893 ;

Vu les avis du Conseil général des Ponts et Chaussées des 29 mai et 30 octobre 1893 ;

Vu l'avis du ministre de l'Intérieur du 28 juillet 1893 ;

Vu la loi du 3 mai 1841 ;

Vu la loi du 27 juillet 1870 ;

Le Conseil d'Etat entendu ;

DÉCRÈTE :

ARTICLE PREMIER.— Sont déclarés d'utilité publique, conformément au plan dressé par les ingénieurs du service municipal de la Ville de Paris et soumis à l'enquête, les travaux de canalisation nécessaires sur les communes de Clichy, Saint-Ouen, Ile-Saint-Denis et Gennevilliers :

1° Pour l'adduction, par conduites souterraines, des eaux d'égout destinées à l'irrigation des terrains de la plaine de Gennevilliers;

2° Pour le drainage jusqu'à la Seine des eaux épurées de la nappe souterraine.

ART. 2. — Les eaux d'égout ne seront livrées aux propriétaires qui en feront la demande que sous la condition :

1° Qu'ils justifieront, s'il y a lieu, du droit de passage sur les fonds intermédiaires;

2° Que ce droit de passage s'exercera par conduites souterraines;

3° Que les eaux seront utilisées exclusivement pour la culture, sans former de mares stagnantes, et sous la surveillance des agents de la Ville.

ART. 3. — Il ne pourra être répandu sur le sol qu'un maximum de 40,000 mètres cubes d'eau d'égout par hectare et par an.

ART. 4. — Il ne pourra être fait usage des eaux d'égout pour irriguer les terrains compris dans un périmètre formé par la Seine, le vieux chemin de Saint-Denis, le boulevard d'Asnières (chemin vicinal n° 5), la rue de la Fabrique et l'achevure de la Fosse-aux-Astres.

Des décrets rendus après enquête et avis du Conseil municipal pourront établir, autour des autres agglomérations de la commune, des périmètres analogues dans lesquels l'emploi des eaux d'égout sera interdit.

ART. 5. — L'exécution des prescriptions du présent décret, la limite de saturation des terres et le degré de pureté des eaux déversées dans la Seine par les tuyaux de drainage seront contrôlés par une commission permanente de cinq experts nommés l'un par le ministre des Travaux publics, un autre par le ministre de l'Intérieur, un troisième par le ministre de l'Agriculture, un quatrième par le Conseil général de la Seine, et le cinquième par le Comité consultatif d'hygiène de France.

Ces experts adresseront, tous les six mois, au ministre des Travaux publics un rapport sur les résultats de l'épuration des eaux d'égout dans la plaine de Gennevilliers.

D'après ces résultats, des décrets prescriront, s'il y a lieu, à la Ville de Paris les mesures nécessaires pour sauvegarder la salubrité.

ART. 6. — La Ville de Paris est autorisée à poursuivre l'expropriation des terrains nécessaires à l'exécution ou à la conservation des travaux en se conformant aux dispositions de la loi du 3 mai 1841.

L'expropriation devra être poursuivie immédiatement et effectuée dans un délai de dix-huit mois pour les terrains déjà occupés. Elle devra être effectuée dans un délai de trois ans pour les terrains à occuper.

ART. 7. — Les ministres des Travaux publics et de l'Intérieur sont chargés, chacun en ce qui le concerne, de l'exécution du présent décret.

Fait à Paris, le 23 février 1895.

FÉLIX FAURE.

Par le Président de la République :

Le ministre de l'Intérieur,

LEYGUES.

Le ministre des Travaux Publics,

DUTEMPS.

Décret du 11 Avril 1896

Déclarant d'utilité publique les travaux à exécuter par la ville de Paris et à ses frais sur le territoire du département de Seine-et-Oise (Prolongement de l'émissaire général des eaux d'égout vers Méry et Triel).

Le Président de la République Française,

Sur le rapport du ministre des Travaux publics et du ministre de l'Intérieur;

Vu l'avant-projet dressé, les 22-31 décembre 1894, par les ingénieurs du service municipal de la Ville de Paris pour : 1° Le prolongement de l'émissaire général des eaux d'égout, entre la branche d'Achères à Herblay, et le siphon de Triel; 2° l'établissement de la branche de Méry-sur-Oise;

Vu les pièces de l'enquête ouverte sur cet avant-projet dans les départements de la Seine et de Seine-et-Oise, suivant les formes déterminées par l'ordonnance royale du 18 février 1834 et notamment :

Les avis de la Chambre de commerce de Paris et de la Chambre consultative d'agriculture de Pontoise, en date, respectivement, des 23 avril, 31 mai et 29 juin 1895;

Les procès-verbaux des commissions d'enquête des départements de la Seine et de Seine-et-Oise, en date, respectivement, des 30 mai et 21 juin 1895;

Vu les adhésions directes de l'ingénieur en chef du département de Seine-et-Oise, de l'ingénieur en chef de la navigation de l'Oise, de l'ingénieur en chef du contrôle du réseau de l'Ouest, de l'ingénieur en chef du contrôle du réseau du Nord, du général directeur du génie à Paris, en date, respectivement, des 17, 19, 13, 7 mai et 11 août 1895;

Vu la lettre du préfet de Seine-et-Oise, en date du 13 novembre 1895;

Vu les avis du Conseil général des Ponts et Chaussées du 12 décembre 1895 :

Vu la loi du 4 avril 1889 ;

Vu la loi du 10 juillet 1894 ;

Vu les lois des 3 mai 1841 et 27 juillet 1870 ;

Le Conseil d'État entendu,

DÉCRÈTE :

ARTICLE PREMIER. — Sont déclarés d'utilité publique les travaux à exécuter par la Ville de Paris et à ses frais sur le territoire du département de Seine-et-Oise ;

1° Pour le prolongement de l'émissaire général des eaux d'égout de Paris, entre la branche d'Achères, à Herblay, et le siphon de Triel ;

2° Pour l'établissement de la branche de Méry ;

3° Pour l'établissement des conduites souterraines secondaires, nécessaires à l'adduction des eaux d'égout jusqu'à proximité des divers terrains à irriguer ;

4° Le drainage jusqu'à la Seine et l'Oise des eaux épurées de la nappe souterraine.

ART 2. — Les travaux soront exécutés conformément aux dispositions générales de l'avant-projet ci-dessus visé, dressé à la date des 22-31 décembre 1894 par les ingénieurs du service municipal de la Ville de Paris, et avec les modifications résultant de l'accomplissement des conditions auxquelles les chefs des divers services intéressés ont subordonné leurs adhésions directes ci-dessus visées à l'exécution de cet avant-projet.

ART. 3. — La présente déclaration d'utilité publique sera considérée comme nulle et non avenue si les expropriations nécessaires à l'exécution des travaux projetés n'ont pas été accomplies dans un délai de cinq ans, à dater du présent décret.

ART. 4. — Les eaux d'égout ne seront délivrées aux propriétaires qui en feront la demande que sous la condition :

1° Qu'ils justifieront, s'il y a lieu, du droit de passage sur les fonds intermédiaires ;

2° Que ce droit de passage s'effectuera par conduites souterraines ;

3° Que les eaux seront utilisées exclusivement pour la culture sans former de mare stagnante et sous la surveillance des agents de la Ville.

La pose des canalisations sera faite aux frais de la Ville de Paris jusqu'à l'entrée des propriétés particulières.

Les eaux qui ne seront pas utilisées par les particuliers seront déversées sur les terrains en culture appartenant à la Ville de Paris sans y former de mare stagnante.

ART. 5. — Il ne pourra être répandu sur le sol un volume d'eau d'égout supérieur à quarante mille mètres cubes (40,000 ㎥) par hectare et par an.

ART. 6. — Toutes les précautions seront prises par la Ville de Paris et sous sa responsabilité pour empêcher des infiltrations nuisibles dans les puits, sources, drains et cours d'eau se trouvant à proximité des champs d'épandage.

ART. 7. — Des décrets rendus après enquête et avis des conseils municipaux des communes intéressées pourront établir, autour des agglomérations de population, des périmètres à l'intérieur desquels l'épandage des eaux d'égout serait interdit.

ART. 8. — L'exécution des prescriptions du présent décret, la limite de saturation des terres et le degré de pureté des eaux déversées dans les cours d'eau par les tuyaux de drainage seront contrôlés par une commission permanente de cinq experts nommés : l'un par le ministre des Travaux publics, un autre par le ministre de l'Intérieur, un troisième par le ministre de l'Agriculture, un quatrième par le Conseil général de Seine-et-Oise et le cinquième par le Comité consultatif d'hygiène de France. Ces experts adresseront tous les six mois au ministre des Travaux publics un rapport sur les résultats de l'épandage des eaux d'égout de la Ville de Paris dans le département de Seine-et-Oise, tant sur les terrains achetés ou loués par la Ville que sur les terrains particuliers; d'après ces résultats des décrets prescriront, s'il y a lieu, à la Ville de Paris, les mesures reconnues nécessaires pour sauvegarder la salubrité.

ART. 9. — Les ministres des Travaux publics et de l'Intérieur sont chargés, chacun en ce qui le concerne, de l'exécution du présent décret.

Fait à Paris, le 11 avril 1896.
FÉLIX FAURE.

Le Ministre de l'Intérieur,
SARRIEN.

Le Ministre des Travaux publics,
ED. GUYOT-DESSAIGNE.

DÉCRET DU 30 MARS 1899

Déclarant d'utilité publique les travaux de canalisation ou de drainage établis ou à établir par la Ville de Paris sur le territoire de la commune d'Achères.

Le Président de la République Française,

Sur le rapport du ministre des Travaux publics,

Vu l'avant-projet dressé les 23-26 janvier 1897 par les ingénieurs du service municipal de la Ville de Paris pour les travaux de canalisation ou de drainage d'eau d'égout établis ou à établir par la Ville de Paris sur le territoire de la commune d'Achères et sur la partie des territoires des communes de Conflans et d'Andrésy située sur la rive gauche de la Seine ;

Vu les pièces de l'enquête ouverte sur cet avant-projet dans les départements de Seine et de Seine-et-Oise, suivant les formes déterminées par l'ordonnance royale du 18 février 1834, et notamment :

L'avis de la Chambre de commerce de Paris du 23 juin 1897 ;

Les procès-verbaux des commissions d'enquête des départements de la Seine et de Seine-et-Oise, en date respectivement des 26 juin, 29 juin, 17 juillet 1897 ;

Vu les pièces de l'enquête supplémentaire à laquelle il a été procédé en vue de la détermination, autour de l'agglomération d'Achères, d'un périmètre à l'intérieur duquel l'épandage des eaux d'égout serait interdit ;

Vu les adhésions directes de l'ingénieur en chef du Contrôle de la voie et des bâtiments du réseau de l'Ouest, du 26 mai 1897, de l'ingénieur en chef de la navigation de la Seine, du 31 mai 1897, de l'ingénieur en chef du service ordinaire du département de Seine-et-Oise, du 12 juin 1897, et du directeur du Génie, à Versailles, du 18 juin 1897 ;

Vu les avis des préfets de Seine-et-Oise et de la Seine, en date respectivement des 1er décembre 1897 et 12 avril 1898 ;

Vu les avis du Conseil général des Ponts et Chaussées, en date du 9 juin 1898 ;

Vu l'avis du président du Conseil, ministre de l'Intérieur, du 7 septembre 1898 ;

Vu les lois des 4 avril 1889 et 10 juillet 1894 ;

Vu les lois des 3 mai 1841 et 27 juillet 1870 ;

Le Conseil d'Etat entendu,

DÉCRÈTE :

ARTICLE PREMIER. — Sont déclarés d'utilité publique les travaux à exécuter par la Ville de Paris, et à ses frais, sur le territoire du département de Seine-et-Oise : 1° pour l'adduction, par conduites souterraines, des eaux d'égout destinées à l'irrigation des terrains situés dans la plaine d'Achères ; 2° pour l'irrigation des terrains enclavés dans le domaine municipal des Fonceaux ; 3° pour le drainage jusqu'à la Seine des eaux épurées de la nappe souterraine.

ART. 2. — Les travaux seront exécutés conformément aux dispositions générales de l'avant-projet ci-dessus visé, des 23-26 janvier 1897, avec les modifications résultant de l'accomplissement des conditions auxquelles les chefs des divers services intéressés ont subordonné leurs adhésions directes à l'exécution de cet avant-projet.

ART. 3. — La présente déclaration d'utilité publique sera considérée comme nulle et non avenue si les expropriations nécessaires à l'exécution des travaux n'ont pas été accomplies dans un délai de cinq ans à dater du présent décret.

ART. 4. — Les eaux d'égout ne seront délivrées aux propriétaires qui en feront la demande que sous les conditions :

1° Qu'ils justifieront, s'il y a lieu, du droit de passage sur les fonds intermédiaires ;

2° Que ce passage s'effectuera par conduites souterraines ;

3° Que les eaux seront utilisées exclusivement pour la culture, sans former de mare stagnante, et sous la surveillance des agents de la Ville.

La pose des canalisations sera faite aux frais de la Ville de Paris jusqu'à l'entrée des propriétés particulières.

Les eaux qui ne seront pas utilisées par les particuliers seront déversées sur les terrains en culture appartenant à la Ville de Paris, sans y former de mare stagnante.

ART. 5. — Il ne pourra être répandu sur le sol un volume d'eaux d'égout supérieur à quarante mille mètres cubes (40,000 ^{m3}) par hectare et par an.

ART. 6. — Toutes précautions sont prises par la Ville de Paris et sous sa responsabilité pour empêcher des infiltrations nuisibles dans les puits, sources, drains et cours d'eau se trouvant à proximité des champs d'épandage.

ART. 7. — Il ne pourra être fait usage des eaux d'égout pour irriguer les terrains compris dans un périmètre délimité ainsi qu'il suit : à l'ouest, par le mur de la forêt depuis son intersection avec le chemin rural n° 4, dit du Magasin, jusqu'à son intersection avec le chemin de l'Eglise ; au sud-est : 1° par une ligne droite allant de ce dernier point au chemin des Vignes d'en bas, à l'angle de la propriété Cardat ; 2° par le chemin des Vignes d'en bas ; 3° par le mur de la propriété Basset ; au nord-est : 1° par le mur de cette dernière propriété jusqu'à l'angle saillant situé le plus au nord ; 2° par une ligne brisée allant rejoindre le point indiqué comme origine, en passant par la buse située sur le fossé du chemin vicinal n° 3, dit de la Seine, à 20 mètres environ au nord de la maison Loubart.

Des décrets, rendus après une enquête ouverte suivant les mêmes formes que l'enquête ayant précédé la déclaration d'utilité publique et après avis des conseils municipaux des communes intéressées, pourront établir, autour des agglomérations de population, des périmètres à l'intérieur desquels l'épandage des eaux d'égout sera interdit.

ART. 8. — L'exécution de ces prescriptions, la limite de saturation des terres et le degré de pureté des eaux déversées dans les cours d'eau par les tuyaux de drainage, seront contrôlés par la Commission permanente instituée par la loi du 4 avril 1889, relative à l'utilisation agricole des eaux d'égout de Paris, à laquelle sera adjoint un représentant du ministère des Travaux publics.

Les résultats de l'épandage des eaux d'égout, tant sur les terrains achetés ou loués par la Ville de Paris que sur les terrains particuliers, seront consignés dans le rapport semestriel prévu par la loi susvisée de 1889. D'après ces résultats, des décrets prescriront s'il y a lieu, à la Ville de Paris, les mesures reconnues nécessaires pour sauvegarder la salubrité.

ART. 9. — Le ministre des Travaux Publics et le ministre de l'Intérieur sont chargés, chacun en ce qui les concerne, de l'exécution du présent décret, qui sera inséré au *Bulletin des Lois*.

Fait à Paris, le 30 mars 1899.

EMILE LOUBET.

Par le Président de la République,

Le Président du Conseil,
Ministre de l'Intérieur et des Cultes,
CH. DUPUY.

Le Ministre des Travaux publics,
C. KRANTZ.

Paris. — Imprimerie PAUL DUPONT, 4, rue du Bouloi

www.ingramcontent.com/pod-product-compliance
Lightning Source LLC
Chambersburg PA
CBHW061507170626
46811CB00004B/1639